Der Scheinmann

Richard Harding Davis

Writat

Diese Ausgabe erschien im Jahr 2023

- 2 -

ISBN: 9789359257624

Herausgegeben von
Writat
E-Mail: info@writat.com

ICH

Ich hatte beschlossen, dass ich, wenn mein Urlaub kam , ihn auf der Suche nach Abenteuern verbringen würde. Ich habe mir immer Abenteuer gewünscht, aber obwohl ich alt genug bin – letzten Oktober wurde ich fünfundzwanzig – und immer den halben Weg zurückgelegt habe, um ihnen zu begegnen, gehen mir Abenteuer aus dem Weg. Kinney sagt, es sei meine Schuld. Er ist der Meinung, dass man Abenteuer erleben muss, wenn man sie erleben will.

Kinney sitzt neben mir bei Joyce & Carboy, dem Wollhersteller , wo ich Stenograph bin und Kinney Angestellter ist, und wir haben beide Zimmer in Mrs. Shaws Pension. Kinney ist nur ein Jahr älter als ich, aber er erlebt immer wieder Abenteuer. Nachts, wenn ich lange wach bin und Jura studiere, um mich für die Gerichtsberichterstattung vorzubereiten, und in der Hoffnung, eines Tages Mitglied der Anwaltskammer zu werden, klopft er an meine Tür und erzählt mir etwas Überraschendes das ist ihm gerade passiert. Manchmal ist er einem Feuerwehrauto gefolgt und hat Menschen von einer Feuerleiter geholfen, oder er hat einem Polizisten den Schutzschild abgenommen, oder an der Bar des Hotel Knickerbocker hat er sich mit einem Fremden angefreundet, der sich als kein Geringerer als herausstellt ein Adliger oder ein Schauspieler. Und Frauen, vor allem schöne Frauen, verfolgen Kinney ständig in Taxis und bitten ihn um Hilfe. Wenn man Kinney nur ansieht, ohne zu wissen, wie geschickt er darin ist, Menschen aus ihren Schwierigkeiten zu befreien, scheint er kein Mann zu sein, an den man sich in schwierigen Zeiten wenden würde. Man könnte meinen, Frauen in Not würden sich an jemanden wenden , der größer und stärker ist; Ich würde lieber einen Polizisten fragen. Aber im Gegenteil, für Kinney laufen immer Frauen, vor allem, wie ich schon sagte, schöne Frauen. Mir passiert so etwas nie. Ich vermute, dass es, wie Kinney sagt, daran liegt, dass er in New York City geboren und aufgewachsen ist und wie ein New Yorker aussieht und sich verhält, während ich bis vor einem Jahr immer in Fairport gelebt habe. Fairport ist ein sehr hübscher Hafen, der jedoch nicht für Abenteuer geeignet ist. Wir verabredeten, unseren Urlaub gleichzeitig und gemeinsam zu verbringen. Zumindest hat Kinney es so arrangiert. Ich sehe ihn oft, und als ich mich auf meinen Urlaub freute, war es nicht gerade erfreulich, dass ich alles, was mit Joyce & Carboy und Mrs. Shaws Pension zu tun hatte, hinter mir lassen würde. Aber als Kinney vorschlug, dass wir zusammen gehen sollten, konnte ich mir nicht vorstellen, wie ich, ohne unhöflich zu sein, seine Gesellschaft ablehnen konnte, und als er darauf hinwies, dass ich für eine Expedition auf der Suche nach Abenteuern keinen besseren Führer auswählen könnte, hatte ich das Gefühl, dass er hatte Recht.

„Manchmal", sagte er, „merke ich, dass Sie nicht glauben, dass die Hälfte der Dinge, von denen ich Ihnen erzähle, dass sie mir passiert sind, wirklich passiert sind." Ist das nicht so?"

Um eine Antwort zu finden, die seine Gefühle nicht verletzen würde, zögerte ich, aber er wartete nicht auf meine Antwort. Das tut er selten.

„Nun, auf dieser Reise", fuhr er fort, „werden Sie Kinney bei der Arbeit sehen. Sie müssen sich nicht auf mein Wort verlassen. Du wirst sehen, wie Abenteuer auf mich zukommen und mir aus der Hand fressen."

Unser Urlaub kam am ersten September, aber wir begannen im April mit der Planung und hörten bis zum Abend vor unserer Abreise aus New York nie auf zu planen. Unsere Schwierigkeit bestand darin, dass ich, da ich in Fairport aufwuchs, das am Sound nördlich von New London liegt, Heimweh nach dem Geruch von Salzwiesen und nach dem Anblick von Wasser und Schiffen hatte. Obwohl es nur Schoner waren, die Zement transportierten, wollte ich in der Sonne auf dem Kai eines Kais sitzen und sie beobachten. Ich wollte mit einem Catboat durch den Hafen fahren und das Ziehen und Ziehen der Pinne spüren. Kinney protestierte, dass dies keine Möglichkeit sei, einen Urlaub zu verbringen oder zu Abenteuern einzuladen. Sein Gesicht war Fairport zugewandt. Das Gespräch über Muschelgräber, sagte er, gefiel ihm nicht; und er beklagte sich darüber, dass unsere einzige Chance auf ein Abenteuer in Fairport darin bestehen würde, das Catboat zum Kentern zu bringen oder einen Hummertopf auszurauben. Er bestand darauf, dass wir in die Berge gehen sollten, wo wir das treffen würden, was er immer als „unsere besten Leute" bezeichnet. Im September, erklärte er, gehe jeder in die Berge, um sich von der bedrückenden Atmosphäre am Meeresufer zu erholen. Dem entgegnete ich, dass die kleine Seeluft, die wir in Mrs. Shaws Esszimmer im Keller und in der U-Bahn eingeatmet hatten, uns keine Sorgen bereiten müsse. Und so haben wir in den schlaflosen, schwülen Nächten im Juni, Juli und August in diesem Sinne gekämpft. Es gab keinen Sommerurlaubsort im Umkreis von fünfhundert Meilen von New York City, den wir nicht in Betracht gezogen hätten. Von den Informationsbüros und Passagieragenten aller Eisenbahnlinien, die New York verlassen, beschaffte Kinney eine Bibliothek mit Fahrplänen, Karten, Ordnern und Broschüren, illustriert mit den schönsten Bildern von Sommerhotels, Golfplätzen, Tennisplätzen und Bootshäusern. Zwei Monate lang führte er einen Briefwechsel mit den Besitzern dieser Hotels; und als er die verschiedenen Preise für Zimmersuiten und Wintergärten verglich, war er stets zufrieden.

„The Outlook House", würde er verkünden, „will vierundzwanzig Dollar pro Tag für Schlafzimmer, Wohnzimmer und privates Bad." Während die Carteret Arms für die gleichen Unterkünfte nur zwanzig verlangen. Aber das

Carteret hat keinen Tennisplatz; Und andererseits hat das Outlook weder eine Garage, noch sind Hunde in den Schlafzimmern erlaubt."

Da Kinney nicht Rasentennis spielen konnte und keiner von uns ein Auto, einen Hund oder vierundzwanzig Dollar besaß, schienen mir diese Einzelheiten überflüssig, aber es war nicht sinnvoll, Kinney darauf hinzuweisen. Weil er, wie er selbst sagt, eine so lebhafte Vorstellungskraft hat, dass er das, was ihm fehlt, „glauben" kann, dass er es hat, und dass die Freude am Besitz ihm gehört.

Kinney macht sich viele Gedanken über seine Kleidung und die Frage, was er im Urlaub anziehen sollte, beschäftigte ihn. Als ich sagte, dass es kein Grund zur Sorge sei, schnaubte er empört. „Das würdest du nicht!" er sagte. „Wenn ich in einem Catboat aufgewachsen wäre und eine Bräune wie ein Indianer und Haare wie eine Broadway-Blondine hätte, würde ich mir auch keine Sorgen machen. Mrs. Shaw sagt, Sie sehen genauso aus wie ein verkleideter britischer Peer." Ich hatte noch nie einen britischen Kollegen gesehen, mit oder ohne Verkleidung, und ich gebe zu, dass ich interessiert war.

„Warum rennen die Mädchen in diesem Haus", fragte Kinney, „immer in dein Zimmer, um Streichhölzer auszuleihen?" Weil sie deine KLEIDUNG bewundern? Wenn sie verrückt nach Kleidung sind, warum kommen sie dann nicht zu MIR für Spiele?"

„Du bist nachts immer draußen", sagte ich.

„Sie wissen, dass das nicht die Antwort ist", protestierte er. „Warum gehen die Schreibmaschinenmädchen im Büro immer zu DIR, um ihre Bleistifte anzuspitzen und ihnen zu sagen, wie man die harten Wörter buchstabiert? Warum bedienen dich die Mädchen in der Kantine zuerst? Weil sie von deiner Kleidung hypnotisiert sind? Ist es das?"

"Tun sie?" Ich fragte; „Das hatte ich nicht bemerkt."

Kinney schnaubte und warf seine Arme hoch. „Er hatte es nicht bemerkt!" wiederholte er immer wieder. „Er hatte es nicht bemerkt!" Für seinen Urlaub kaufte Kinney einen gebrauchten Koffer. Es war mit Etiketten von Hotels in Frankreich und der Schweiz bedeckt.

„Joe", sagte ich, „wenn du diese Tasche trägst , bist du eine wandelnde Lüge."

Kinneys Name ist Joseph Forbes Kinney; Er ließ den Joseph fallen, weil er sagte, dass er im Sozialregister nicht oft genug vorkomme und nur im Alten Testament zu finden sei, und er hat mich gebeten, ihn Forbes zu nennen. Da ich ihn zum ersten Mal als „Joe" kannte, vergesse ich es gelegentlich.

„Mein Name ist NICHT Joe", sagte er streng, „und ich habe das gleiche Recht, eine gebrauchte Tasche zu tragen wie eine neue. Auf der Tasche steht, dass die IT in Europa war. Es heißt nicht, dass ich dort gewesen bin."

„Aber das wirst du wahrscheinlich", betonte ich, „und dann jemand , der diese Orte wirklich besucht hat –"

"Hören!" befahl Kinney. „Wenn du Abenteuer willst , musst du jemand von Bedeutung sein. Niemand wird sich an einem Abenteuer mit Joe Kinney beteiligen, einem Zwanzig-Dollar-Angestellten, der menschlichen Rechenmaschine, dem Flurjungen. Aber Forbes Kinney, Esq., mit einer Tasche aus Europa und einer Harvard-Schleife um seinen Hut –"

„Ist das ein Harvard-Band um deinen Hut?" Ich fragte.

"Es ist!" erklärte Kinney; „Und ich habe auch ein Yale-Band und ein Turf-Club-Band. Sie sind an Haken befestigt, und Sie können sie passend zu Ihrer Kleidung oder der Gesellschaft, die Sie pflegen, aufhängen. Und außerdem", fuhr er etwas hitzig fort, „habe ich mir einen Tennisschläger und eine Golftasche voller Schläger geliehen, und passen Sie auf, dass Sie mich nicht weggeben."

„Ich sehe", erwiderte ich, „dass du uns in große Schwierigkeiten bringen wirst."

„Ich dachte", sagte Kinney und sah mich eher zweifelnd an, „es könnte sehr hilfreich sein, wenn Sie in der ersten Woche als meine Sekretärin fungieren würden und ich in der zweiten Woche Ihre Sekretärin wäre."

Manchmal, wenn Herr Joyce auf Geschäftsreise geht, nimmt er mich als seinen privaten Stenographen mit, und die Abwechslung zur Büroarbeit ist sehr angenehm; aber ich konnte nicht verstehen, warum ich eine Woche meines Urlaubs damit verbringen sollte, Briefe für Kinney zu schreiben.

„Du würdest keine Briefe schreiben", erklärte er. „Aber wenn ich den Leuten sagen könnte, dass Sie meine Privatsekretärin sind, würde mir das natürlich eine gewisse Bedeutung verleihen."

„Wenn es Sie glücklicher macht", sagte ich, „können Sie den Leuten sagen, dass ich ein verkleideter britischer Peer bin."

„Es hat keinen Sinn, böse zu sein", protestierte Kinney. „Ich versuche nur, Ihnen einen Weg zu zeigen, der zum Abenteuer führt."

„Das würde es bestimmt!" Ich stimmte zu. „Es würde uns ins Gefängnis führen."

Die letzte Augustwoche kam und da wir noch unentschlossen waren, wohin wir gehen sollten, schlug ich vor, es dem Zufall zu überlassen.

„Das Erste", betonte ich, „ist, dieser schrecklichen Stadt zu entkommen." Die zweite Sache ist, günstig wegzukommen. Schreiben wir die Namen der Sommerferienorte auf, zu denen wir für zwei Dollar mit der Bahn oder dem Boot fahren können, und stecken wir sie in einen Hut. Der Name des Ortes, den wir auslosen, wird derjenige sein, mit dem wir am Samstagnachmittag beginnen. „Die Idee", drängte ich, „ist an sich schon voller Abenteuer."

Kinney stimmte zu, aber widerwillig. Was ihn vor allem beunruhigte, war der Gedanke, dass die Orte in der Nähe von New York, zu denen man für so wenig Geld reisen konnte, wahrscheinlich nicht in Mode waren.

„Ich habe eine furchtbare Angst", erklärte er, „dass wir angesichts Ihrer Grenzen in Asbury Park aufwachen."

Der Freitagabend kam und wir waren auf die Abreise vorbereitet, und um Mitternacht veranstalteten wir unsere Lotterie. In einen Kissenbezug legten wir zwanzig Zettel, auf denen jeweils der Name eines Sommerferienortes stand. Zehn dieser Orte wurden von Kinney und zehn von mir selbst ausgewählt. Kinney krempelte dramatisch seinen Ärmel hoch, steckte seinen entblößten Arm in unsere Wundertüte, zog einen Zettel heraus und las laut vor: „New Bedford, via New Bedford Steamboat Line." Die Wahl lag bei mir.

„Neues Bedford!" schrie Kinney. Sein Ton drückte die größte Enttäuschung aus. „Es ist eine Mühlenstadt!" er rief aus. „Es ist voller Baumwollspinnereien."

„Das mag sein", protestierte ich. „Aber es ist auch ein äußerst malerischer alter Seehafen, einer der ältesten in Amerika. An den dortigen Kais sieht man Walfangschiffe, hölzerne Galionsfiguren und Harpunen ..."

„Ist das eine Expedition, um verschüttete Städte auszugraben", unterbrach Kinney, „oder eine Vergnügungsreise? Ich will keine Harpunen sehen! Ich würde eine Harpune nicht erkennen, wenn du mir eine reinstecken würdest. Ich sehe lieber Hutnadeln."

Die Patience lief erst um sechs Uhr aus, aber wir waren so begierig, New York hinter uns zu lassen, dass wir um fünf Uhr an Bord waren. Unsere Kabine war eine Außenkabine mit zwei Schlafplätzen. Nachdem wir unsere Koffer darin untergebracht hatten, holten wir Campingstühle und machten es uns an einem kühlen Ort auf dem Bootsdeck gemütlich. Kinney hatte alle Nachmittagszeitungen gekauft und war, wie ich mich später erinnern konnte, sehr daran interessiert, dass der junge Earl of Ivy endlich in diesem Land angekommen war. Seit einigen Wochen hatten die Zeitungen diesem jungen Iren und der jungen Dame, die er heiraten wollte, mehr Platz eingeräumt, als nötig schien. Es gab Bilder von seinen verschiedenen Landhäusern, Bilder von ihm selbst; in Uniform, in den Gewändern, die er bei der Krönung trug, auf einem Polopony, als Meister der Fuchshunde. Und es gab Bilder von Miss Aldrich und IHREN ländlichen Orten in Newport und am Hudson. Aus den Nachmittagszeitungen erfuhr Kinney, dass der junge Mann und Lady Moya, seine Schwester, unter seinem Familiennamen Meehan gesegelt waren, an diesem Morgen in New York gelandet waren, aber bevor die Reporter sie entdeckt hatten, vom Kai geflohen waren und verschwunden waren .

„Nachforschungen in den verschiedenen Hotels", las Kinney eindrucksvoll, „konnten den Aufenthaltsort seiner Lordschaft und Lady Moyas nicht ermitteln, und es wird angenommen, dass sie sofort mit dem Zug nach Newport aufbrachen."

Mit Ehrfurcht deutete Kinney auf die roten Schornsteine der Mauretania.

„Da ist das Boot, das sie nach Amerika gebracht hat", sagte er. „Ich sehe", fügte er hinzu, „dass er auf diesem Bild, auf dem er Golf spielt, eine dieser Strickjacken trägt, die der Eiselbaum gerade auf drei Dollar und fünfundsiebzig Cent herabgesetzt hat." Ich wünschte –", fügte er bedauernd hinzu.

„Sie können eins in New Bedford bekommen", schlug ich vor.

„Ich wünschte", fuhr er fort, „wir wären nach Newport gegangen." Alle unsere BESTEN Leute werden bei der Hochzeit dabei sein. Es ist das wichtigste gesellschaftliche Ereignis der Saison. Man könnte es fast eine Allianz nennen."

Ich ging nach vorne, um zuzusehen, wie sie die Fracht übernahmen, und Kinney stellte sich an die Reling über dem Gang der Passagiere , wo er die anderen Passagiere ankommen sehen konnte. Er hatte sich sorgfältig gekleidet und trug sein Yale-Hutband, aber als ein sehr elegant aussehender junger Mann mit einem Harvard-Band die Laufplanke heraufkam, zog sich Kinney hastig in unsere Kabine zurück und kehrte mit so einem zurück. Ein paar Minuten später fand ich ihn und den jungen Mann, die nebeneinander in Campingstühlen saßen, in ein Gespräch vertieft, an dem offenbar Kinney den größten Anteil hatte. Tatsächlich schenkte der junge Mann dem, was Kinney sagte, nicht die geringste Aufmerksamkeit. Stattdessen waren seine Augen auf die Laufplanke unten gerichtet, und als ein junger Mann seines Alters, begleitet von einem Mädchen in einem Kleid aus grobem Tweed, darauf erschien, sprang er von seinem Sitz auf. Dann warf er Kinney einen bewussten Blick zu und sank zurück.

Das Mädchen im Tweedanzug war so schön, dass sie jeden Mann dazu veranlasste, aufzustehen und stehen zu bleiben. Sie war das schönste Mädchen, das ich je gesehen hatte. Sie hatte graue Augen und Haare wie Goldrute, getragen auf eine Art und Weise, die ich nicht kannte, und ihr

Gesicht war so schön, dass ich vor Überraschung bei seinem Anblick plötzlich einen Kloß in meiner Kehle und in meinem Herzen verspürte blieb voller Ehrfurcht, Staunen und Dankbarkeit stehen.

Nach einem kurzen Moment erhob sich der junge Mann mit dem echten Harvard-Hutband unruhig und ging mit einem Nicken zu Kinney nach unten. Auch ich stand auf und folgte ihm. Ich verspürte das unkontrollierbare Verlangen, das Mädchen mit den goldblonden Haaren noch einmal anzusehen. Ich meinte nicht, dass sie mich sehen sollte. Noch nie hatte ich so etwas getan. Aber noch nie zuvor hatte ich jemanden gesehen , der mich so seltsam berührt hatte. Auf der Suche nach ihr ging ich durch den Hauptsalon und wieder zurück, konnte sie aber nicht finden. Die Verzögerung gab mir Zeit zu erkennen, dass mein Verhalten unverschämt war. Allein die Tatsache, dass sie so schön anzusehen war, hätte ihr Schutz bieten sollen. Es bot mir keine Entschuldigung, ihr zu folgen und sie auszuspionieren. Mit diesem Gedanken kehrte ich hastig zum Oberdeck zurück, um mich in meinem Buch zu vertiefen. Wenn es nicht dazu diente, mich von der jungen Dame fernzuhalten, würde ich zumindest verhindern, dass meine Augen sie verärgerten.

Ich wollte gerade den Stuhl einnehmen, den der junge Mann freigelassen hatte, als Kinney Einspruch erhob.

„Er war sehr an unserem Gespräch interessiert", sagte Kinney, „und vielleicht kommt er zurück."

Mir war nicht aufgefallen, dass der junge Mann bereit war, mit Kinney zu reden oder ihm zuzuhören, aber ich setzte mich nicht.

„Es würde mich nicht im Geringsten wundern", sagte Kinney, „wenn dieser junge Mann ein echter Hingucker ist." Er ist ein Harvard-Mann und sein Auftreten war äußerst höflich. Daran", erklärte Kinney, „kann man immer erkennen, ob es richtig gut läuft." Bei dir sind sie nicht hoch und mächtig. Ihre soziale Stellung ist so gesichert, dass sie tun und lassen können, was sie wollen. Ist Ihnen zum Beispiel aufgefallen, dass er Pfeife rauchte?"

Ich sagte, ich hätte es nicht bemerkt.

Für seinen Urlaub hatte Kinney eine Kiste Zigarren gekauft, deren Qualität teurer war als die, die er sich normalerweise leisten kann. Er rauchte gerade eine davon und hatte, als sie weniger wurde, das goldene Band, mit dem sie umschlossen war, vorsichtig vom brennenden Ende her bewegt. Aber während er sprach , betrachtete er es offenbar mit Abscheu und ließ es dann über Bord fallen.

„Behalten Sie meinen Stuhl", sagte er und stand auf. „Ich gehe in meine Hütte, um meine Pfeife zu holen." Ich setzte mich und richtete meinen Blick auf mein Buch; aber ich verstand weder, was ich las, noch sah ich die gedruckte Seite. Stattdessen war vor meinen Augen das liebliche, strahlende Gesicht der schönen Dame, das mich verwirrte und blendete. Verdutzt schaute ich auf und stellte fest, dass sie keinen halben Meter von mir entfernt stand. Etwas zog mich aus meinem Stuhl. Etwas brachte mich dazu, es auf sie zuzubewegen. Ich hob meinen Hut und wich zurück. Aber die Augen der schönen Dame hielten mich auf.

Zu meiner Verblüffung drückte ihr Gesicht sowohl Überraschung als auch Freude aus. Es war, als ob sie entweder glaubte, mich zu kennen, oder dass ich sie an einen Mann erinnerte, den sie kannte. Im letzteren Fall muss er ein Freund gewesen sein, denn die Art, wie sie mich ansah, war freundlich. Und außerdem war da noch ein Ausdruck der Überraschung und als ob etwas, das sie sah, ihr Freude bereitete. Vielleicht lag es an der Schnelligkeit, mit der ich meinen Stuhl angeboten hatte. Sie sah mich immer noch an und zeigte auf einen der Wolkenkratzer.

„Könnten Sie mir sagen " , fragte sie, „den Namen dieses Gebäudes?" Hätte ihre Frage es nicht bewiesen, hätte mir ihre Stimme nicht nur gesagt, dass sie eine Fremde, sondern auch eine Irin war. Es war besonders weich, tief und lebendig. Dadurch klang die alltägliche Frage, die sie stellte, so, als hätte sie sie gesungen. Ich nannte ihr den Namen des Gebäudes und dass es weiter oben in der Stadt ein noch höheres Gebäude gab, wie sie sehen würde, als wir in die Flussmitte einzogen. Sie hörte zu und betrachtete mich strahlend, als ob sie interessiert wäre; aber vor ihr geriet ich in Verlegenheit, und aus Angst, ich könnte mich stören, machte ich erneut eine Bewegung, um wegzugehen. Mit einer weiteren Frage unterbrach sie mich. Ich konnte keinen Grund dafür erkennen, aber es war fast so, als hätte sie die Frage nur gestellt, um mich aufzuhalten.

„Was ist das für ein seltsames Boot", sagte sie, „das Wasser in den Fluss pumpt?"

Ich erklärte, dass es sich um ein Feuerlöschboot handelte, das seine Schlauchleitungen testete, und als wir dann in den Kanal einfuhren, fasste ich Mut und zeigte auf die Freiheitsstatue, Governors Island und die Brooklyn Bridge. Die Tatsache, dass es ein Fremder war, der sprach, schien sie nicht zu stören. Ich kann nicht sagen, wie sie die Idee rüberbrachte, aber ich hatte bald das Gefühl, dass die Leute nicht unhöflich sein oder Missverständnisse hervorrufen würden, ganz gleich, was sie für unkonventionelle Dinge tat.

Ich überlegte, ihr meinen Namen zu sagen. Zuerst schien es, dass das höflicher wäre. Dann wurde mir klar, dass ich ihr damit aufdrängen würde, dass sie sich nur für mich als Führer durch den Hafen von New York interessierte.

Als wir am Brooklyn Navy Yard vorbeikamen, erzählte ich so viel und so eifrig von den dort vor Anker liegenden Schlachtschiffen, dass die Dame gedacht haben musste, ich wäre dem Meer gefolgt, denn sie fragte: „Sind Sie ein Seemann?"

Es war die erste Frage, die irgendwie persönlich war.

„Ich bin früher ein Catboat gesegelt", sagte ich.

Meine Antwort schien sie zu verwirren und sie runzelte die Stirn. Dann lachte sie entzückt, als hätte sie eine Entdeckung gemacht.

„Man sagt nicht ‚Matrose'", sagte sie. „Was fragen Sie hier, wenn Sie wissen wollen, ob ein Mann in der Marine ist?"

Sie sprach, als würden wir eine andere Sprache sprechen.

„Wir fragen, ob er bei der Marine ist", antwortete ich.

Sie lachte darüber erneut, ganz so, als hätte ich etwas Kluges gesagt.

"Und du bist nicht?"

„Nein", sagte ich, „ich bin im Büro von Joyce & Carboy. Ich bin Stenographin."

Wieder schien meine Antwort sie sowohl zu verwirren als auch zu überraschen. Sie betrachtete mich zweifelnd. Ich konnte sehen, dass sie aus irgendeinem Grund dachte, ich würde sie in die Irre führen.

"In einem Büro?" sie wiederholte. Dann sagte sie, als hätte sie mich erwischt: „Wie hältst du dich so fit?" Sie stellte die Frage direkt, wie ein Mann sie gestellt hätte, und während sie sprach , war mir bewusst, dass ihre Augen mich und meine Schultern maßen, als würde sie sich fragen, bis zu welchem Gewicht ich mich ausziehen könnte.

„Ich arbeite erst seit Kurzem in einem Büro", sagte ich. „Vorher habe ich immer im Freien gearbeitet; Austern- und Muschelfischen und im Herbst Jakobsmuscheln. Und im Sommer habe ich auf einem Hotelneun Ball gespielt."

Ich sah, dass meine Erklärung für die schöne Dame keinerlei Bedeutung hatte, aber bevor ich es erklären konnte, kam der junge Mann, mit dem sie an Bord gekommen war, auf uns zu.

Auch schien es ihm nicht peinlich zu sein, dass sie mit einem Fremden sprach. Er blieb stehen und lächelte. Sein Lächeln war freundlich, aber völlig vage. In den wenigen Minuten, die ich bei ihm war, wurde mir klar, dass es kein Anzeichen dafür war, dass er insgeheim zufrieden war. Es war lediglich sein Gesichtsausdruck. Es war, als hätte ein Fotograf gesagt: „Lächeln, bitte", und er hätte gelächelt.

Als er zu uns kam, lüftete ich aus Respekt vor der jungen Dame meinen Hut, aber der Junge schien es nicht für nötig zu halten, äußerlichen Respekt zu zeigen, und behielt die Hände in den Taschen. Er hörte auch nicht mit dem Rauchen auf. Seine erste Bemerkung an die reizende Dame erschreckte mich etwas.

„Hast du ein Messingbett in deinem Zimmer?" er hat gefragt. Die schöne Dame sagte, sie hätte es getan.

„ Das habe ich auch ", sagte der junge Mann. „Sie tun dir ziemlich gut, nicht wahr? Und es sind nur drei Dollar. Wie viel ist das?"

„Vier mal drei wären zwölf", sagte die Dame. „Zwölf Schilling."

Der junge Mann rauchte eine Zigarette in einer langen bernsteinfarbenen Zigarettenspitze. So lange hatte ich noch nie einen gesehen. Er untersuchte das Ende seiner Zigarettenspitze und lächelte erneut zufrieden, offenbar überrascht und erleichtert, dort eine Zigarette zu finden.

Die hübsche Dame zeigte auf den Marmorschacht, der sich über dem Madison Square erhob.

„Das ist der höchste Wolkenkratzer in New York", sagte sie. Ich hatte sie gerade darüber informiert. Der junge Mann lächelte, als würde ihm das Gebäude vorgestellt, zeigte aber keinerlei Interesse.

"Ist es?" bemerkte er. Sein Tonfall schien zu zeigen, dass er ebenso erfreut gewesen wäre, wenn sie gesagt hätte: „Das ist ein Kaninchen."

„ Eines Tages ", erklärte er mit der gleichen überraschenden Plötzlichkeit, mit der er seine erste Bemerkung gemacht hatte, „werden unsere Kriegsschiffe die Dächer dieser Wolkenkratzer abheben."

Die Bemerkung traf mich an der falschen Stelle. Es war unnötig. Schon jetzt ärgerte ich mich über das Verhalten des jungen Mannes gegenüber der hübschen Dame. Es schien mir an Höflichkeit zu mangeln. Er kannte sie und behandelte sie dennoch ohne Respekt, während ich, ein Fremder, ihr gegenüber so dankbar war, dass sie das war, von dem ich wusste, dass jemand mit einem solchen Gesicht sein musste, dass ich zu ihren Füßen hätte knien können. Deshalb ärgerte ich mich eher über die Bemerkung.

„Wenn die Kriegsschiffe, die Sie hierher schicken", sagte ich zweifelnd, „nicht erfolgreicher beim Heben von Dingen sind als Ihre Yachten, behalten Sie sie besser zu Hause und sparen Sie Kohle!"

Selten habe ich eine so lange oder so unhöfliche Rede gehalten, und sobald ich gesprochen hatte, tat es mir wegen der schönen Dame leid.

Doch nach einer Pause von einer halben Sekunde lachte sie entzückt.

„Ich verstehe", rief sie, als wäre es eine Art Spiel. „Er meint Lipton! Wir können den Pokal nicht heben , wir können die Dächer nicht heben. Verstehst du das nicht, Stumps!" sie drängte. Trotz meiner unhöflichen Bemerkung hatte der junge Mann, den sie Stumps nannte, weiterhin glücklich gelächelt. Jetzt veränderte sich sein Gesichtsausdruck zu Unbehagen und völliger Düsterkeit, und dann brach ein strahlendes Lächeln aus.

"Ich sage!" er weinte. „Das ist schrecklich gut: ‚Wenn eure Kriegsschiffe nicht besser darin sind, Dinge zu heben –' Oh, ich sage wirklich", protestierte er, „das ist schrecklich gut." Er schien Angst zu haben, dass ich die seltene Exzellenz meiner Rede nicht wertschätzen würde. „Weißt du, wirklich", flehte er, „es ist FANTASTISCH gut!"

Wir wurden durch das plötzliche Auftauchen von Kinney und dem jungen Mann mit dem echten Hutband unterbrochen. Beide waren aufgeregt und verstört. Beim Anblick des jungen Mannes wandte sich Stumps flehend an das Mädchen mit der Goldrute. Er stöhnte laut und sein Gesichtsausdruck war der eines Jungen, der beim Schulschwänzen erwischt worden war.

"Oh Gott!" rief er, „worüber ist er jetzt verärgert?" Er hat mir gesagt, dass ich an Deck kommen könnte, sobald wir angefangen haben."

Das Mädchen lächelte mich süß und lieblich an und nickte. Dann ging sie, mit Stumps an ihrer Seite, dem jungen Mann entgegen. Als er sie kommen sah , blieb er stehen, und als sie zu ihm kamen, begann er ernsthaft, fast wütend zu reden. Dabei starrte er mich zu meiner großen Verwirrung böse an. Im selben Moment packte mich Kinney am Arm.

„Komm runter!" er befahl. Sein Ton war heiser und voller Aufregung.

„Unsere Abenteuer", flüsterte er, „haben begonnen!"

II

Ich hatte das Gefühl, dass die Abenteuer für mich bereits begonnen hatten, denn mein Treffen mit der schönen Dame war das Ereignis meines Lebens, und obwohl Kinney und ich vereinbart hatten, unsere Abenteuer zu teilen, wusste ich, dass ich über dieses nicht einmal mit ihm sprechen konnte. Ich wollte allein sein, wo ich mich daran erfreuen und noch einmal durchgehen konnte, was sie gesagt hatte; was ich gesagt hatte. Ich würde es mit niemandem teilen. Es war zu wunderbar, zu heilig. Aber Kinney ließ sich nicht abweisen. Er führte mich zu unserer Hütte und schloss die Tür ab.

„Es tut mir leid", begann er, „aber dieses Abenteuer kann ich nicht mit Ihnen teilen." Die Bemerkung stimmte so sehr mit meinen eigenen Gedanken überein, dass ich mich plötzlich mit unglücklichen Zweifeln fragte, ob auch Kinney den Charme der schönen Dame gespürt hatte. Aber er hat mich schnell enttäuscht.

„Ich habe ein wenig Detektivarbeit geleistet", sagte er. Seine Stimme war tief und feierlich. „Und ich habe ein echtes Abenteuer erlebt. Es gibt Gründe, warum ich es nicht mit Ihnen teilen kann, aber Sie können ihm folgen, während es sich weiterentwickelt. „Vor etwa einer halben Stunde", erklärte er, „kam ich hierher, um meine Pfeife zu holen. Das Fenster war offen. Das Gitter war nur teilweise geschlossen. Draußen war der junge Mann aus Harvard, der versuchte, meine Bekanntschaft zu machen, und der junge Engländer, der mit dieser Blondine an Bord kam." Kinney unterbrach sich plötzlich. „Du hast gerade mit ihr gesprochen", sagte er. Ich hasste es, wenn er die Irin als „diese Blondine" bezeichnete. Ich hasste es, ihn überhaupt über sie sprechen zu hören. Um ihn zum Schweigen zu bringen, antwortete ich kurz: „Sie fragte mich nach dem Singer Building."

„Ich verstehe", sagte Kinney. „Nun, diese beiden Männer standen direkt vor meinem Fenster, und während ich nach meiner Pfeife suchte, hörte ich den Amerikaner sprechen. Er war sehr aufgeregt und wütend. „Ich sage Ihnen ", sagte er, „jeder Boots- und Bahnhof wird überwacht." Du wirst nicht in Sicherheit sein, bis wir New York verlassen. Sie müssen in Ihre Kabine gehen und dort BLEIBEN.' Und der andere antwortete: ‚Ich habe es satt, mich zu verstecken und auszuweichen.'"

Kinney hielt dramatisch inne und runzelte die Stirn.

„Nun", fragte ich, „was ist damit?"

"Was davon?" er weinte. Er schrie laut mit Mitleid und Ungeduld auf.

„Kein Wunder", rief er, „Abenteuer erlebt man nie. Es ist klar wie gedruckt. Es sind Kriminelle auf der Flucht. Der Engländer ist auf jeden Fall auf der Flucht."

Ich machte mir nur Sorgen um die hübsche Dame, fragte aber: „Sie meinen den Iren namens Stumps?"

„Stümpfe!" rief Kinney aus. „Was für ein seltsamer Name. Zu seltsam um wahr zu sein. Es ist ein Alias!" Ich war empört darüber, dass Kinney die Freunde der hübschen Dame als Kriminelle anklagen sollte . Wäre es jemand anderes gewesen, hätte ich es sofort übel genommen, aber auf Kinney wütend zu sein ist schwierig. Ich konnte nicht umhin, mich daran zu erinnern, dass er der Sklave seiner eigenen Fantasie ist. Es spielt Streiche und rennt mit ihm davon. Und wenn es ihn glauben lässt, dass unschuldige Menschen Kriminelle sind, dann bringt es ihn auch dazu zu glauben, dass jede Frau in der U-Bahn, der er seinen Platz gibt, eine großartige Dame ist, eine Anführerin der Gesellschaft auf dem Weg zur Arbeit in den Slums.

„Joe!" Ich protestierte. „Diese Männer sind keine Kriminellen. Ich habe mit diesem Iren gesprochen, und er hat nicht genug Verstand, um ein Krimineller zu sein."

„Die Eisenbahnen werden überwacht", wiederholte Kinney. „Ist es EHRLICHEN Männern überhaupt egal, ob die Eisenbahn überwacht wird oder nicht? Kümmert es dich? Kümmert es mich? Und ist Ihnen aufgefallen, wie wütend der Amerikaner wurde, als er Stumps im Gespräch mit Ihnen erwischte?"

Ich hatte es bemerkt; und ich erinnerte mich auch daran, dass Stumps zu der lieben Dame gesagt hatte: „Er sagte mir, ich könnte an Deck kommen, sobald wir losgingen."

Die Worte schienen zu bestätigen, was Kinney angeblich gehört hatte. Da ich ihn jedoch nicht ermutigen wollte, sagte ich nichts über das, was ich gehört hatte.

„Vielleicht weicht er einer Vorladung aus", schlug ich vor. „Er wird wahrscheinlich nur als Zeuge gesucht. Es könnte sich um eine Zivilklage handeln, oder sein Chauffeur könnte jemanden angefahren haben."

Kinney schüttelte traurig den Kopf.

„Entschuldigen Sie", sagte er, „aber ich fürchte, Ihnen fehlt die Vorstellungskraft. Diese Männer sind Schurken, gefährliche Schurken, und die Frau ist ihre Komplizin. Was sie getan haben, weiß ich nicht, aber ich habe bereits genug gelernt, um sie als verdächtige Charaktere zu verhaften. Hören! Jeder von ihnen verfügt über eine separate Kabine im Vorschiff. Das Fenster im Zimmer des Amerikaners stand öffen und sein Koffer lag auf dem

Bett. Darauf standen die Initialen HPA. Die Kabine hat die Nummer 24, aber als ich die Liste des Zahlmeisters untersuchte und so tat, als wolle ich herausfinden, ob ein Freund von mir an Bord war, stellte ich fest, dass der Mann in Nummer 24 seinen Namen genannt hatte als James Preston. Nun", fragte er, „warum sollte sich einer von ihnen unter einem Pseudonym verstecken und der andere Angst haben, sich zu zeigen, bis wir den Kai verlassen?" Er wartete nicht auf meine Antwort. „Ich habe mit Herrn HPA, alias Preston, gesprochen", fuhr er fort. „Ich habe so getan, als wäre ich eine wichtige Person. Ich habe angedeutet, dass ich reich bin. „Mein Ziel", fügte Kinney hastig hinzu, „war, ihn zu ermutigen, einige seiner Tricks an MIR auszuprobieren; versuchen, MICH auszurauben; damit ich Beweise beschaffen konnte. „Ich habe ihm auch gesagt", fuhr er etwas verlegen fort, „dass auch Sie wohlhabend und von einiger Bedeutung waren."

Ich dachte an die schöne Dame und spürte, wie ich vor Empörung errötete.

„Du hast sehr Unrecht getan", rief ich; „Du hattest kein Recht! Es kann sein, dass du uns beide höchst unangenehm verwickelst.

„Sie sind in keiner Weise involviert", protestierte Kinney. „Sobald wir New Bedford erreichen, können Sie an Land gehen und im Hotel auf mich warten. Wenn ich mit diesen Herren fertig bin, geselle ich mich zu Ihnen."

„Fertig mit ihnen!" rief ich aus. „Was willst du mit ihnen machen?"

„Verhaften Sie sie!" rief Kinney streng, „sobald sie den Kai betreten!"

„Das schaffst du nicht!" Ich keuchte.

"Ich habe es getan!" antwortete Kinney. „Es ist so gut wie erledigt. „Ich habe den Polizeichef von New Bedford benachrichtigt", erklärte er stolz, „mich am Kai zu treffen." Ich habe das WLAN genutzt. Hier ist meine Botschaft."

Aus seiner Tasche holte er ein Papier hervor und las mit großer Wichtigkeit laut vor: „Wir treffen uns am Kai des ankommenden Dampfers Patience." Zwei bekannte Kriminelle an Bord flüchten vor der New Yorker Polizei. Werde persönlich Anklage gegen sie erheben. – Forbes Kinney."

Sobald ich mich von meiner Überraschung erholt hatte, protestierte ich heftig. Ich machte Kinney darauf aufmerksam, dass sein Verhalten empörend sei und dass er sich einer Strafe aussetzen würde, wenn er auf der Grundlage solcher Beweise solch schwerwiegende Anschuldigungen erhob.

Er war nicht im Geringsten bestürzt.

„Dann gehe ich also davon aus", sagte er wichtig, „dass Sie nicht gegen sie auftreten wollen?"

„Ich möchte überhaupt nicht darin auftauchen!" Ich weinte. „Sie haben kein Recht, diese junge Dame zu ärgern. Sie müssen der Polizei telegrafieren, Sie irren sich."

„Ich habe keine Lust, die Frau zu verhaften", sagte Kinney steif. „In meiner Nachricht habe ich SIE nicht erwähnt. Wenn du Lust auf ein eigenes Abenteuer hast, hilfst du ihr vielleicht bei der Flucht, während ich ihre Komplizen festnehme."

„Ich bin dagegen", rief ich, „daß Sie das Wort ‚Komplize' auf diese junge Dame anwenden. Und angenommen, sie SIND Kriminelle", fragte ich, „wie wird es Ihnen helfen, sie zu verhaften?"

Kinneys Augen blitzten vor Aufregung.

„Denken Sie an die Zeitungen", rief er; „Sie werden davon satt sein!" Schon in seiner Fantasie sah er die Schlagzeilen. „‚A Clever Haul!'", zitierte er. „‚Bekannte Bande von Gaunern entkommt der New Yorker Polizei, wird aber von Forbes Kinney gefangen genommen.'" Er seufzte zufrieden. „Und sie werden wahrscheinlich auch mein Bild drucken", fügte er hinzu.

Ich wusste, dass ich wütend auf ihn sein sollte, aber stattdessen konnte ich nur Mitleid empfinden. Ich kenne Kinney seit einem Jahr und habe gelernt, dass seine „Vortäuschung" immer unschuldig ist. Ich nehme an, dass er das ist, was man einen Snob nennt, aber Snobismus ist bei ihm keine unangenehme Schwäche. In seinem Fall geht es darum, zu denken, dass Menschen, die bestimmte Dinge haben, die er nicht besitzt, besser sind als er selbst; und dass sie daher wissenswert sein müssen, und er versucht, sie kennenzulernen. Aber er glaubt nicht, dass er selbst besser ist als irgendjemand sonst . Sein Leben ist sehr karg und eng. Infolgedessen misst er vielen Dingen falsche Werte bei. Wie zum Beispiel sein Wunsch, seinen Namen auch als Amateurdetektiv in den Zeitungen zu sehen. Während ich also empört war, tat es mir auch leid.

„Joe", sagte ich, „du wirst in eine Menge Schwierigkeiten geraten, und obwohl ich nicht in dieses Abenteuer verwickelt bin, weißt du, wenn ich dir helfen kann, werde ich es tun."

Er dankte mir und wir gingen in den Speisesaal. Dort, an einem Tisch in unserer Nähe, sahen wir die nette Dame und Stumps und den Amerikaner. Sie lächelte mich erneut an, aber dieses Mal schien es ein wenig zweifelnd.

Für den Amerikaner hingegen gab es keinen Zweifel. Er warf sowohl Kinney als auch mir einen bösen Blick zu, als würde er uns am liebsten in Öl kochen.

Nach dem Abendessen machte sich Kinney trotz meiner Proteste daran, ihn zu interviewen und ihn, wie er es beschrieb, „anzuleiten", sich zu engagieren. Ich befürchtete, dass Kinney viel eher bereit wäre, sich zu engagieren als der andere, und als ich sie zusammensitzen sah, schaute ich mit großer Sorge aus der Ferne zu.

Eine Stunde später, als ich allein war, teilte mir ein Steward mit, dass der Zahlmeister mich gerne sehen würde. Ich ging in sein Büro und fand dort Stumps, seinen amerikanischen Freund, den Nachtwächter des Bootes und den Zahlmeister versammelt. Als wollte er ihn zum Reden auffordern, nickte der Zahlmeister dem Amerikaner zu. Dieser Herr sprach mich aufgeregt und kriegerisch an.

„Mein Name ist Aldrich", sagte er; „Ich möchte wissen, wie DEIN Name ist?"

Sein Ton gefiel mir nicht ganz, und es gefiel mir auch nicht, von einem Fremden ins Büro des Zahlmeisters gerufen zu werden, um dort befragt zu werden.

"Warum?" Ich fragte.

„Weil", sagte Aldrich, „es scheint, dass Sie MEHRERE Namen haben." Da einer von ihnen DIESEM Herrn gehört" – er zeigte auf Stumps – „ möchte er wissen, warum Sie ihn verwenden."

Ich sah Stumps an und er begrüßte mich mit dem vagen und freundlichen Lächeln, das für ihn üblich war, aber als Aldrich ihn auf frischer Tat ertappte, runzelte er hastig die Stirn.

„Ich habe nie einen anderen Namen als meinen eigenen verwendet", sagte ich; „Und", fügte ich freundlich hinzu, „wenn ich einen Namen wählen würde, würde ich nicht ‚Stumps' wählen."

Aldrich schnappte regelrecht nach Luft.

„Sein Name ist nicht Stumps!" er weinte empört. „Er ist der Earl of Ivy!"

Er erwartete offensichtlich, dass ich darüber überrascht sein würde, und ich war überrascht. Ich starrte den vielgepriesenen jungen Iren interessiert an.

Aldrich missverstand mein Schweigen und fuhr in einem triumphalen Ton, der alles andere als angenehm war, fort: „Sie sehen also", spottete er, „als Sie sich als Ivy ausgeben wollten, hätten Sie sich ein anderes Boot aussuchen sollen."

Die Sache war zu absurd, als dass ich wütend gewesen wäre, und ich fragte geduldig: „Aber warum sollte ich mich als Lord Ivy ausgeben?"

„Das wollen wir herausfinden", blaffte Aldrich. „Jedenfalls haben wir Ihr Spiel für heute Abend gestoppt, und morgen können Sie es der Polizei erklären! „Dein Kumpel", spottete er, „hat jedem auf diesem Boot gesagt , dass du Lord Ivy bist, und er hat mir genug Lügen über SICH erzählt, um zu beweisen, dass ER auch ein Betrüger ist!"

Ich sah, was passiert war, und dass ich, wenn ich den armen Kinney beschützen wollte, nicht, wie ich wollte, meine Fäuste, sondern meinen Kopf benutzen durfte. Ich lachte scheinbar unbekümmert und wandte mich an den Zahlmeister.

„Oh, das ist es, oder?" Ich weinte. „Ich hätte wissen können, dass es Kinney war; Er spielt mir immer Streiche vor." Ich wandte mich an Aldrich. „Mein Freund hat dir auch einen Streich gespielt", sagte ich. „Er wusste nicht, wer du bist, aber er sah, dass du ein Anglomane bist, und er hat Spaß mit dir!"

"Hat er?" brüllte Aldrich. Er griff in seine Tasche und holte ein Stück Papier heraus. „Das", rief er und schüttelte es mir entgegen, „ist eine Kopie eines Funkspruchs, den ich gerade an den Polizeichef von New Bedford geschickt habe."

Mit großer Befriedigung las er es mit lauter und drohender Stimme: „Zwei Betrüger auf diesem Boot, die sich als Lord Ivy, mein zukünftiger Schwager, und seine Sekretärin ausgeben. Lord Ivy selbst an Bord. Schicken Sie die Polizei zum Boot. Wir werden Anklage erheben. – Henry Philip Aldrich."

Mir kam der Gedanke, dass der Polizeichef, nachdem er zwei derart aufsehenerregende Telegramme erhalten und um sechs Uhr morgens aufgestanden war, um das Boot abzuholen, in der Stimmung sein würde, fast jeden zu verhaften, und dass seine Entscheidung mit Sicherheit scheitern würde über Kinney und mich. Es war lächerlich, würde sich aber wahrscheinlich auch als äußerst demütigend erweisen. Also sagte ich zu Lord Ivy: „Es ist überall ein Fehler passiert; Schicken Sie Mr. Kinney und ich werde es Ihnen erklären. Lord Ivy, der extrem gelangweilt aussah, lächelte und nickte, aber der junge Aldrich lachte ironisch.

"Herr. „Kinney ist in seiner Kabine", sagte er, „mit einem Steward, der die Tür und das Fenster bewacht. Du kannst es morgen der Polizei erklären.

Ich drehte mich empört zum Zahlmeister um.

„Halten Sie Mr. Kinney in seiner Kabine gefangen?" Ich forderte. "Wenn du bist-"

„Er muss nicht dort bleiben", protestierte der Zahlmeister schmollend. „Als er merkte, dass die Stewards ihm folgten, ging er in seine Kabine."

„Ich werde ihn sofort sehen", sagte ich. „Und wenn ich einen Ihrer Stewards dabei erwische, wie er MIR folgt, werde ich ihn über Bord werfen."

Niemand versuchte, mich aufzuhalten. Da sie wussten, dass ich nicht entkommen konnte, schienen sie sich über meine Abreise zu freuen, und ich ging in meine Kabine.

Kinney, der am Rand der Koje saß, begrüßte mich mit einem hohlen Stöhnen. Sein Gesichtsausdruck war von völligem Elend geprägt. Als ob er mich anflehte, nicht böse zu sein, streckte er flehend seine Arme aus.

„Wie zum Teufel!" Er begann: „Sollte ich wissen, dass so eine kleine rothaarige Garnele der Earl of Ivy war? Und dass dieses große blonde Mädchen", fügte er empört hinzu, „das ich für eine Komplizin hielt, Lady Moya ist, seine Schwester?"

"Was ist passiert?" Ich fragte.

Kinney trug seinen Hut. Er nahm es ab und warf es auf den Boden.

„Es war dieser verdammte Hut!" er weinte. „Es ist zwar ein Harvard-Band, aber nur Männer in der Mannschaft dürfen es tragen! Woher sollte ich DAS wissen? Ich sah, wie Aldrich es verwirrt betrachtete, und als er sagte: „Ich sehe, Sie sind in der Crew", erriet ich, was das bedeutete, und sagte, ich sei in der Crew des letzten Jahres. Leider war ER letztes Jahr in der Crew! Deshalb verdächtigte er mich, und nach dem Abendessen ließ er mich einer dritten Stufe unterziehen. Ich muss die falschen Antworten gegeben haben, denn plötzlich sprang er auf und nannte mich einen Betrüger und Hochstapler. Ich revanchierte mich, indem ich ihm erzählte, dass er ein Gauner und ich ein Detektiv sei und dass ich ein Telegramm geschickt hätte, um ihn in New Bedford verhaften zu lassen. Er forderte mich auf, zu beweisen, dass ich ein Detektiv war, was ich natürlich nicht konnte, und er rief zwei Stewards an und sagte ihnen, sie sollten auf mich aufpassen, während er den Zahlmeister verfolgte. Ich hatte keine Lust, beobachtet zu werden, also bin ich hierher gekommen."

„Wann haben Sie ihm gesagt, dass ich der Earl of Ivy bin?"

Kinney fuhr sich mit den Fingern durchs Haar und stöhnte düster.

„Das war, bevor das Boot startete", sagte er; „Es war nur ein Witz. Er schien an meinem Gespräch nicht interessiert zu sein, also dachte ich, ich könnte es ein wenig beleben, indem ich sagte, ich sei ein Freund von Lord Ivy. Und Sie kamen zufällig vorbei, und ich erinnerte mich zufällig daran, dass Mrs. Shaw sagte, Sie sahen aus wie ein britischer Peer, also sagte ich: „Das ist mein Freund Lord Ivy." Ich sagte, ich sei Ihre Sekretärin, und er schien sehr interessiert zu sein, und –" Kinney fügte düster hinzu: „Ich habe zu viel geredet. Es tut mir SO leid", bettelte er. „Es wird furchtbar für dich werden!" Seine Augen leuchteten plötzlich voller Hoffnung. „Es sei denn", flüsterte er, „wir können entkommen!"

Der gleiche Gedanke ging mir durch den Kopf, aber die Idee war absurd und undurchführbar. Ich wusste, dass es kein Entrinnen gab. Ich wusste, dass wir bei Sonnenaufgang zu einer äußerst demütigenden und schändlichen Erfahrung verurteilt wurden. Die Zeitungen würden alles, was Lord Ivy betraf, als Neuigkeit betrachten. Ich wiederum sah auch die schrecklichen Schlagzeilen. Was würden mein Vater und meine Mutter in Fairport denken? was würden meine alten Freunde dort denken; Und was noch wichtiger war: Wie würden sich Joyce und Carboy verhalten? Welche Chance gab es für mich, nachdem ich als Hochstapler verhaftet worden war, Stenotypist am Gericht zu werden – und mit der Zeit Mitglied der Anwaltskammer zu werden? Was mich jedoch im Moment am meisten beunruhigte, war die Tatsache, dass die schöne Dame mich für einen Schurken oder einen Narren halten würde. Der Gedanke ließ mich vor Verzweiflung aufschreien. Wäre es möglich gewesen, Kinney zu verlassen, wäre ich über Bord gegangen und an Land gegangen. Die Nacht war warm und neblig, und die kurze Reise an Land bedeutete für jemanden, der wie eine Ente erzogen worden war, nichts weiter als ein Einnässen. Aber ich sah nicht ein, wie ich Kinney im Stich lassen könnte.

"Können Sie schwimmen?" Ich fragte

"Natürlich nicht!" er antwortete düster; „Und außerdem", fügte er hinzu, „stehen unsere Namen auf unseren Koffern." Wir könnten sie nicht mitnehmen, und sie würden herausfinden, wer wir sind. Wenn wir nur ein Boot stehlen könnten!" rief er eifrig – „ einer von denen auf den Davits", drängte er – „wir könnten unsere Koffer hineinstellen und dann, wenn alle schlafen, könnten wir es ins Wasser senken."

Das kleinste Boot an Bord war für die Aufnahme von 25 Personen zugelassen, und ohne die gesamte Schiffsbesatzung aufzuwecken, hätten wir den Kartenraum genauso gut verlegen können. Darauf habe ich hingewiesen.

„Erheben Sie keine Einwände!" Kinney weinte gereizt. Er erholte sich schnell wieder. Die drohende Gefahr schien ihn zu inspirieren.

"Denken!" er befahl. „Überlegen Sie, wie wir dieses Boot verlassen können, bevor es New Bedford erreicht. Wir müssen! Wir dürfen nicht verhaftet werden! Es wäre zu schrecklich!" Er unterbrach sich mit einem aufgeregten Ausruf.

"Ich habe es!" er flüsterte heiser: „Ich werde den Feueralarm auslösen!" Die Besatzung wird in ihr Quartier rennen. Die Boote werden abgesenkt. Wir werden einen von ihnen abtreiben. In der Verwirrung –"

Was in der Verwirrung, die seine Fantasie heraufbeschworen hatte, passieren sollte, sollte ich nicht wissen. Denn was tatsächlich geschah, war so verwirrend, dass ich mir nicht ganz sicher bin. Zuerst hörte ich aus dem

Wasser des Sunds, das angenehm an die Seite plätscherte, die Stimme eines Mannes, der vor Angst aufstand. Dann ertönte ein Ansturm von Schritten, Flüchen und Geschrei; dann ein Schock, der uns in die Knie warf, und ein knirschendes, reißendes und reißendes Brüllen, wie es das Dach eines brennenden Gebäudes erzeugt, wenn es in den Keller stürzt.

Und im nächsten Augenblick drang ein großer Bugspriet in unser Kabinenfenster ein. Es blieb mir gerade genug Platz, um die Tür aufzureißen, und ich packte Kinney, der immer noch auf den Knien lag, und zerrte ihn in die Gasse. Er richtete sich auf und verschränkte die Hände vor dem Kopf.

„Wo ist mein Hut?" er weinte.

Ich konnte hören, wie das Wasser in das Unterdeck strömte und die Fracht und Koffer davor fegte. Ein Pferd in einer Box kreischte wie ein Mensch, und viele Menschen schrien und kreischten wie Tiere. Mein erster intelligenter Gedanke galt der reizenden Dame. Ich schüttelte Kinney am Arm. Der Aufruhr war so groß, dass ich schreien musste, damit er es hörte. „Wo ist Lord Ivys Hütte?" Ich weinte. „ Du hast gesagt, es liegt neben dem seiner Schwester. Bring mich dahin!"

Kinney nickte und rannte den Korridor entlang und in eine Gasse, zu der sich drei Kabinen öffneten. Die Türen standen offen, und als ich hineinschaute, sah ich, dass die Betten nicht berührt worden waren und dass die Kabinen leer waren. Da wusste ich, dass sie noch an Deck war. Ich hatte das Gefühl, dass ich sie finden musste. Wir rannten zum Niedergang.

„Frauen und Kinder zuerst!" Kinney schrie. „Frauen und Kinder zuerst!" Während wir den schrägen Boden des Saloons hinunterrasten, wiederholte er dies immer wieder mechanisch. In diesem Moment gingen die elektrischen Lichter aus und bis auf die Öllampen lag das Schiff im Dunkeln. Viele der Passagiere waren bereits zu Bett gegangen. Diese stürmen nun in seltsamen Gewändern aus den Prunkräumen, mit Rettungswesten und Handtaschen, die Arme voller Kleidung. Ein Mann hielt in einer Hand einen Schwamm, in der anderen einen Regenschirm. Damit schlug er diejenigen nieder, die seinen Flug blockierten. Er schlug einer Frau über den Kopf, und ich schlug ihn, und er ging zu Boden. Er befand sich auf den Knien und begann lautstark zu beten.

Als wir das Oberdeck erreichten, drängten wir uns an der Gangway aus dem Gedränge und klammerten uns an den großen Flaggenmast am Heck, um den Halt zu behalten, denn an Backbord herrschte eine starke Schlagseite. An jeder Reling schwang die Besatzung die Boote über die Seite, und um jedes Boot herum befand sich eine verrückte, kämpfende Menge. Über unserer Steuerbordreling ragte der Fockmast eines Schoners auf. Sie hatte uns mittschiffs gut gerammt, und in ihrem Bug war ein Loch, durch das man ein Boot hätte rudern können. Das Wasser strömte hinein und saugte sie nach unten. Sie ließ sich bereits am Heck nieder. Im Licht einer schwingenden Laterne sah ich, wie drei ihrer Besatzungsmitglieder eine Jolle von ihrem Deck hoben und ins Wasser senkten. Sie warfen Ruder und ein Segel hinein, und einer von ihnen hatte bereits begonnen, an der Maler herunterzurutschen, als der Schoner betrunken ins Taumeln geriet; und in Panik rannten alle drei Männer nach vorne und sprangen auf unser Unterdeck. Die verlassene Jolle pendelte träge zwischen der Patience und dem Schoner hin und her. Als Kinney sah, was ich sah, packte er mich am Arm.

"Dort!" flüsterte er und zeigte; „Das ist unsere Chance!" Ich sah, dass die Jolle mit Sicherheit eine dritte Person aufnehmen konnte, und wer der dritte Passagier sein würde, hatte ich bereits festgelegt.

"Warten Sie hier!" Ich sagte .

Auf der Patience befanden sich viele Einwanderer, die erst am Nachmittag von Ellis Island entlassen wurden. Sie waren in die Rettungsboote gedrängt, noch bevor sie freigeschwungen waren, und als die Schiffsoffiziere sie vertrieben, glaubten die armen Seelen, die es nicht verstehen konnten, dass sie für die Sicherheit der anderen Passagiere geopfert würden. Jeder kämpfte also , wie er dachte, um sein Leben und um das Leben seiner Frau und seiner Kinder. Am Rande des Gefechts zerrte ich zwei Frauen heraus, die umgefallen waren und Gefahr liefen, niedergetrampelt zu werden. Aber auch nicht die Frau, die ich suchte. Im Halbdunkel sah ich eines der Einwanderer, ein Mädchen mit einem Kopftuch auf dem Kopf, das mit seinem Rettungsring kämpfte. Ein Heizer rannte vorbei, ergriff es und machte sich auf den Weg zur Reling. Ich wiederum nahm es ihm ab, und er kämpfte darum und schrie:

„Jetzt ist jeder für sich selbst!"

„In Ordnung", sagte ich, denn ich war aufgeregt und wütend, „dann pass auf DICH auf!" Ich schlug ihm am Kinn, und er ließ den Rettungsring los und fiel.

Ich hörte an meinem Ellbogen ein leises, aufgeregtes Lachen und eine Stimme sagte: „Gut gebowlt! Das hat man im Büro nie gelernt." Ich drehte mich um und sah die schöne Dame. Ich warf dem Einwanderermädchen ihren Rettungsgürtel zu, und als ob ich Lady Moya mein ganzes Leben lang gekannt hätte , nahm ich sie bei der Hand und zog sie hinter mir das Deck hinunter.

"Du kommst mit mir!" Ich befahl. Ich stellte fest, dass ich zitterte und dass eine Last der Angst, deren ich mir nicht bewusst gewesen war, von mir abgefallen war. Ich stellte fest, dass ich immer noch ihre Hand hielt und sie in meine eigene drückte. "Gott sei Dank!" Ich sagte . „Ich dachte, ich hätte dich verloren!"

"Mich verloren!" wiederholte Lady Moya. Aber sie gab keinen Kommentar ab. „Ich muss meinen Bruder finden", sagte sie.

„Du musst mit mir kommen!" Ich bestellte. „Gehen Sie mit Mr. Kinney zum Unterdeck. Ich werde das Ruderboot unter das Heck bringen. Du wirst hineinspringen.

„Ich kann meinen Bruder nicht verlassen!" sagte Lady Moya.

Auf das Wort hin warf der menschliche Strudel, der mittschiffs über das Deck fegte, Stumps wie nach einem Kanonenschuss aus und schleuderte ihn auf uns zu. Seine Schwester stieß einen kleinen Erleichterungsschrei aus. Stumps fand sein Gleichgewicht wieder und schüttelte sich wie ein Hund, der im Wasser war.

„Ich dachte, ich komme da nie lebend raus!" bemerkte er selbstgefällig. In der Dunkelheit konnte ich sein Gesicht nicht sehen, war mir aber sicher, dass er immer noch vage lächelte. „Schlimmer als ein Fußballabend!" er rief aus; „Schlimmer als die Mafeking-Nacht!"

Seine Schwester zeigte auf die Jolle.

„Dieser Herr wird das Boot hierher bringen und uns damit wegbringen", sagte sie ihm. „Wir sollten besser gehen, wenn wir können!"

„Richtig, ho!" stimmte Stumps fröhlich zu. „Wie wäre es mit Phil? Er ist direkt hinter mir."

Während er sprach, durchdrang nur wenige Meter von uns entfernt eine mürrische Stimme den Tumult.

„Ich sage dir " , rief es, „du musst Lord Ivy finden! Wenn Lord Ivy –"

Eine Stimme mit einem starken und brutalen amerikanischen Akzent schrie als Antwort: „Zur Hölle mit Lord Ivy!"

Lady Moya kicherte.

„Geh auf das Unterdeck!" Ich befahl. „Ich gehe zur Jolle."

Als ich mein Bein über die Reling schob , hörte ich Lord Ivy sagen: „Ich werde Phil finden und dich treffen."

Ich ließ mich fallen und fing mich an der Reling des darunter liegenden Decks auf, und als ich daran hing, stieß ich mich mit den Knien ab und fiel ins Wasser. Zwei Schläge brachten mich zur Jolle, und ich kletterte hinein, warf sie ab und paddelte zurück zum Dampfer. Als ich unter dem Heck lag , hörte ich vom Unterdeck aus die Stimme von Kinney, die bedeutungsvoll erhob.

"Frauen zuerst!" er weinte. „Ihre gnädige Frau zuerst, meine ich", korrigierte er. Selbst als er das vermeintlich sinkende Schiff verließ, konnte Kinney seine Manieren nicht vergessen. Aber Mr. Aldrich hatte offensichtlich seine vergessen. Ich hörte ihn empört schreien: „Ich werde verdammt sein, wenn ich das tue!"

Die Stimme von Lady Moya lachte.

„Du wirst ertrinken, wenn du es nicht tust!" Sie antwortete. Ich sah einen schwarzen Schatten auf der Reling schweben. „Sei ruhig da unten!" rief ihre Stimme, und im nächsten Moment ließ sie sich so leicht wie ein Eichhörnchen auf die Ruderbank fallen und stolperte in meine Arme.

Die Stimme von Aldrich wurde erneut wütend. „Ich würde lieber ertrinken!" er weinte.

Lord Ivy reagierte mit unerwartetem Elan.

„Na dann ertrinken! Das Wasser ist warm und es ist ein angenehmer Tod."

Daraufhin fiel er mit einem Stoß vor meine Füße.

„Ganz einfach, Kinney!" Ich schrie. „Überflutet uns nicht!"

"Ich werde vorsichtig sein!" rief er, und im nächsten Moment traf er meine Schultern und ich schüttelte ihn auf Lord Ivy ab.

„Runter von meinem Kopf!" schrie Seine Lordschaft.

Kinney entschuldigte sich ausführlich bei allen. Lady Moya erhob ihre Stimme.

„Zum letzten Mal, Phil", rief sie, „kommst du oder nicht?"

„Nicht mit diesen Betrügern, das bin ich nicht!" er schrie. „Ich glaube, ihr zwei seid verrückt! Ich ertrinke lieber!"

Es herrschte eine unangenehme Stille. Meine Lage war schwierig, und da ich nicht wusste, was ich sagen sollte, sagte ich nichts.

„Wenn einer ertrinken muss!" rief Lady Moya energisch, „Ich kann mir nicht vorstellen, dass es wichtig ist, mit wem man ertrinkt."

In seiner seltsam explosiven Art schrie Lord Ivy plötzlich: „Phil, du bist ein dummer Arsch."

"Abstoßen!" befahl Lady Moya.

Ich denke, ihrem Ton nach zu urteilen, wurde der Befehl eher zugunsten von Aldrich als für mich selbst erteilt. Es war auf jeden Fall wirksam, denn im selben Augenblick ertönte ein lautes Platschen. Lord Ivy schniefte verächtlich und zeigte keinerlei Interesse.

"Ah!" rief er aus: „Er ertrinkt lieber!"

Stotternd und keuchend erhob sich Aldrich aus dem Wasser und kletterte, während wir das Boot balancierten, über die Bordwand.

"Verstehen!" Er weinte, während er noch nach Luft schnappte: „Ich bin hier, um zu protestieren. Ich bin hier, um dich und Stumps zu beschützen. Ich bin niemandem verpflichtet. Ich bin-"

„Kannst du rudern?" Ich fragte.

„Warum fragst du nicht deinen Kumpel?" er forderte wild; „Er ruderte letztes Jahr in der Mannschaft."

„Phil!" rief Lady Moya. Ihre Stimme deutete auf ein Temperament hin, das ich nicht vermutet hatte. „Du wirst rudern oder du kannst rausgehen und laufen! „Nimm die Ruder", befahl sie, „und sei höflich!" Lady Moya saß mit der Pinne in der Hand im Heck; Stumps war mit Kinney auf seinen Knien zusammengekauert und nach vorne verstaut. Ich übernahm den Schlag und Aldrich die Bugruder.

„Wir machen uns auf den Weg zur Küste von Connecticut", sagte ich und zog unter dem Heck der Patience hervor.

Innerhalb weniger Minuten hatten wir alles aus den Augen verloren und, bis auf ihren Pfiff, alle Geräusche von ihr verloren; und wir selbst waren im Nebel verloren. Es herrschte erneut beredtes und peinliches Schweigen. Sofern sie in der Panik nicht aufeinander trampelten, hatte ich keine wirkliche Angst um die Sicherheit der Menschen an Bord des Dampfers. Bevor wir sie verlassen hatten, hatte ich das Funkgerät hektisch „Standby" rufen hören und war mir sicher, dass bereits die großen Boote der Fall River-, Providence- und Joy-Linien und die Barkassen von jeder Funkstation zwischen Bridgeport und Newport da waren macht sich auf sie zu. Aber der Sicherheitsspielraum, der meiner Meinung nach für alle anderen Passagiere groß genug war, reichte für die nette Dame keineswegs aus. Das vom Mob überrannte Deck war kein Platz für sie. Ich war froh, dass ich ihretwegen nicht auf eine mögliche Rettung gewartet hatte. In der Jolle war sie in Sicherheit. Das Wasser war glatt und die Küste von Connecticut war meiner Schätzung nach nicht mehr als drei Meilen entfernt. Ich war mir sicher, dass die reizende Dame in einer Stunde, sofern uns der Nebel nicht verwirrte, wieder sicher an Land gehen würde. Selbstsüchtig, um Kinneys und meinetwegen, freute ich mich, den Dampfer loszuwerden und keine Chance mehr zu haben, dass er uns dort landete, wo die Polizei mit offenen Armen auf mich wartete. Der Racheengel in der Person von Aldrich war immer noch in unserer Nähe, so nah, dass ich das Wasser von seiner Kleidung tropfen hörte, aber seine Macht, Schaden anzurichten, war verschwunden. Ich gratulierte mir gerade dazu, als er mich plötzlich enttarnte. Anscheinend hatte er über seine Haltung gegenüber Kinney und mir nachgedacht, und nachdem er zu einem Schluss gekommen war, wollte er ihn unbedingt bekannt geben.

„Ich möchte wiederholen", rief er plötzlich, „dass ich niemandem gegenüber Verpflichtungen habe." Nur weil meine Freunde", fuhr er trotzig fort, „Personen anvertrauen, die im Gefängnis sitzen sollten, kann ich sie nicht im Stich lassen." Das ist ein Grund mehr, warum ich sie NICHT im Stich lassen sollte. Darum bin ich hier! Und ich möchte, dass es verstanden wird, sobald ich an Land bin , gehe ich zur Polizeistation und lasse diese Personen verhaften."

Als er aus dem Nebel auftauchte, der jeden von uns für den anderen unsichtbar gemacht hatte, klangen seine Worte fantastisch und unwirklich. In der triefenden Stille, die nur durch heisere Warnungen unterbrochen wurde, die aus keiner Richtung kamen, und in der Überzeugung, dass wir alle verloren waren, machten uns die Polizeistationen zunächst keine Sorgen. Also sprach niemand, und im Nebel verklangen die Worte und gingen unter. Aber ich war froh, dass er gesprochen hatte. Zumindest war ich vorgewarnt. Ich wusste jetzt, dass ich nicht entkommen war und dass Kinney und ich immer noch in Gefahr waren. Ich kam zu dem Schluss, dass unsere Jolle, soweit es in meiner Hand lag, an dem Punkt an der Küste von Connecticut gestrandet sein würde, der am weitesten von Polizeistationen, sondern von allen menschlichen Siedlungen entfernt war.

Sobald wir die Patience und ihren Pfiff nicht mehr hörten, verloren wir völlig die Orientierung. Es kann sein, dass Lady Moya keine geschickte Steuermannin war, oder dass Aldrich einen rasenden Skull besser versteht als eine Jolle und zu stark auf der rechten Seite gezogen hat, aber was auch immer der Grund sein mochte, wir waren bald hoffnungslos verloren. In dieser misslichen Lage waren wir nicht allein. Die Nacht war erfüllt von Nebelhörnern, Pfeifen, Glocken und dem Dröhnen der Motoren, aber wir waren nie nahe genug, um die Schiffe zu rufen, von denen die Geräusche kamen, und wenn wir auf sie zuruderten, versanken sie ausnahmslos in Stille . Nach zwei Stunden bestanden Stumps und Kinney darauf, die Ruder zu übernehmen, und Lady Moya ging an den Bug. Wir gaben ihr unsere Mäntel, und als sie Kissen daraus machte, verkündete sie, dass sie schlafen gehen würde. Ob sie schlief oder nicht, weiß ich nicht, aber sie schwieg. Drei weitere trostlose Stunden lang wechselten wir uns an den Rudern ab oder dösten am Boden des Bootes, während wir ziellos weiter auf dem Wasser treiben ließen. Es war jetzt fünf Uhr und der Nebel hatte sich so weit aufgehellt, dass wir einander und ein Stück offenes Wasser sehen konnten. Von Zeit zu Zeit quälten die Nebelhörner von Schiffen, die an uns vorbeifuhren, uns aber verborgen blieben, Aldrich in einen Zustand äußerster Verzweiflung. Er begrüßte sie mit hektischen Schreien und Rufen, und Stumps und Lady Moya schrien mit ihm. Ich fürchte, Kinney und ich haben dem allgemeinen Chor nicht viel Klang verliehen. „Gerettet" zu werden war das Letzte, was wir uns wünschten. Die Yacht oder der Schlepper, der uns an Bord empfangen würde, würde uns auch an Land bringen, wo der rachsüchtige Aldrich uns seiner Gnade ausliefern würde. Wir bevorzugten die Freiheit unserer Jolle und den Schutz des Nebels. Unser Schweigen entging Aldrich nicht. Seit einiger Zeit hockte er im Bug und flüsterte empört mit Lady Moya; Jetzt rief er laut:

"Was habe ich dir gesagt?" er weinte verächtlich; „Sie sind in diesem Boot entkommen, weil sie Angst vor MIR hatten, nicht weil sie Angst hatten, zu ertrinken. Wenn sie nichts zu befürchten haben, warum sind sie dann so darauf bedacht, uns die ganze Nacht in diesem Nebel herumtreiben zu lassen? Warum helfen sie uns nicht, einen dieser Schlepper zu stoppen?"

Lord Ivy explodierte plötzlich.

"Verrotten!" er rief aus. „Wenn sie Angst vor dir haben, warum haben sie dich dann gebeten, mit ihnen zu gehen?"

„Das haben sie nicht!" rief Aldrich wahrheitsgemäß und triumphierend. „Sie haben dich und Moya entführt, weil sie dachten, sie könnten sich mit DIR abfinden. Aber sie wollten MICH nicht!" Das Thema war fair dargelegt worden, und ich konnte aus Selbstachtung nicht länger schweigen.

„Wir wollen dich jetzt nicht!" Ich sagte . „Können Sie das nicht verstehen?", fuhr ich mit so viel Selbstbeherrschung fort, wie ich aufbringen konnte, „wir sind bereit und bestrebt, uns Lord Ivy oder sogar Ihnen zu erklären, aber wir wollen es dem nicht erklären. " Polizei? Mein Freund dachte, Sie und Lord Ivy wären Gauner auf der Flucht. Du denkst, WIR sind Gauner auf der Flucht. Sie beide-"

Aldrich schnaubte verächtlich.

„Das ist eine wahrscheinliche Geschichte!" er weinte. „Kein Wunder, dass du DAS der Polizei nicht sagen willst!"

Vom Bug her ertönte ein Ausruf, und Lady Moya stand auf.

„Phil!" Sie sagte: „Du langweilst mich!" Sie bahnte sich einen Weg über die Ruderbank zu Kinney, der am Ruder saß.

„Mein Bruder und ich rudern oft zusammen", sagte sie; „Ich werde deinen Platz einnehmen."

Als sie sich gesetzt hatte , waren wir so nah, dass ihre Augen direkt in meine blickten. Sie zog die Ruder ein, stützte sich darauf und lächelte.

„Dann", befahl sie, „erzählen Sie uns alles darüber."

Bevor ich etwas sagen konnte, kam plötzlich ein Glanz hinter ihr hervor, und als ob ein Vorhang zur Seite gerissen worden wäre, flog der Nebel auseinander, und die Sonne sprang tropfend, purpurrot und wunderschön aus dem Wasser. Von den anderen erklang ein Schrei des Staunens und der Freude, und von Lord Ivy ein ungläubiges Gelächter.

Lady Moya klatschte freudig in die Hände und zeigte an mir vorbei. Ich drehte mich um und schaute. Direkt hinter mir, keine fünfzig Fuß von uns entfernt, befanden sich ein steil abfallender Strand und ein Steinkai, und darüber ein mit Weinreben bewachsenes Häuschen, aus dessen Schornstein fröhlich Rauch aufstieg. Hätte die Jolle, während Lady Moya die Ruder übernahm, NICHT im Kreis geschwungen und wäre die Sonne NICHT aufgegangen, wären wir in weiteren drei Minuten auf den Bundesstaat Connecticut gestoßen. Das Häuschen stand auf einem Horn eines winzigen Hafens. Dahinter erstreckten sich gemütlich im Halbkreis verwitterte, mit Schindeln gedeckte Häuser, Segellofts und Kaianlagen . Dahinter ragten prächtige Ulmen und der zarte Turm einer Kirche empor, und aus der glatten Oberfläche des Hafens ragten die Masten vieler Fischerboote empor. Auf der anderen Seite des Wassers, auf einer grasbewachsenen Stelle, errötete ein weiß getünchter Leuchtturm im purpurnen Glanz der Sonne. Bis auf einen Austernfischer in seinem Boot am Ende des Kais und den Rauch aus dem Schornstein seiner Hütte schlief das kleine Dorf, und der Hafen schlief. Es war ein Bild von vollkommener Zufriedenheit, Selbstvertrauen und Frieden. "Oh!" rief die Lady Moya, „wie hübsch, wie hübsch!"

Lord Ivy schwang den Bug und rannte zum Kai. Die anderen standen auf und jubelten hysterisch.

Bei dem Geräusch und dem Anblick, wie wir so geheimnisvoll aus dem Nebel auftauchten, richtete sich der Mann im Fischerboot zu voller Größe auf und starrte so ungläubig, als würde er eine Meerjungfrau sehen. Er war ein alter Mann, aber gerade und groß, und die Stiefel des Austernfischers, die ihm bis zur Hüfte reichten, ließen ihn noch größer erscheinen, als er tatsächlich war. Er hatte einen struppigen weißen Bart und sein Gesicht war stark kupferfarben gebräunt, aber seine Augen waren blau und jung und sanft. Sie leuchteten plötzlich vor Aufregung und Mitgefühl auf.

„Sind Sie von der Patience?" er schrie. Im Chor antworteten wir, dass wir es seien, und Ivy zog die Jolle neben dem Fischerboot her.

Doch schon hatte sich der alte Mann umgedreht und rief, indem er aus seinen Händen ein Megaphon machte, zum Häuschen.

"Mutter!" Er rief: „Mutter, hier sind Leute aus dem Wrack. Holt Kaffee und Decken und – und Speck – und Eier!"

„Möge der Herr ihn segnen!" rief Lady Moya andächtig aus.

Aber Aldrich zog aufgeregt und eifrig eine Rolle Geldscheine heraus und schüttelte sie dem Mann entgegen.

„Willst du zehn Dollar verdienen?" er forderte an; „Dann jagen Sie sich ins Dorf und bringen Sie den Polizisten."

Lady Moya rief bitter aus, Lord Ivy fluchte, Kinney stieß in seiner Verzweiflung ein düsteres Heulen aus und ließ seinen Kopf in seine Hände sinken.

„Es hat keinen Zweck, Mr. Aldrich", sagte ich. Die anderen saßen im Heck und hatten mich vor dem Fischer versteckt. Jetzt stand ich auf und er sah mich. Ich legte eine Hand auf seine und zeigte auf das Blechabzeichen an seinem Hosenträger.

„Er ist selbst der Dorfpolizist", erklärte ich. Ich wandte mich an die nette Dame. „Lady Moya", sagte ich, „ich möchte Ihnen meinen Vater vorstellen!" Ich zeigte auf das mit Weinreben bewachsene Häuschen. „Das ist mein Zuhause", sagte ich. Ich zeigte auf die schlafende Stadt. „Das", sagte ich ihr, „ist das Dorf Fairport. Das meiste davon gehört dem Vater. Sie sind alle herzlich willkommen."